馬上駿兵

文豪たちの「？」な言葉

新典社新書 64

目　次

はじめに

文豪たちの文章の中の、思わず「？」と首をかしげたくなるような言葉をきっかけにして、日本文学の名作の表現を味わってみよう、というのが本書の目論《もくろ》みです。

言葉は時代とともに変わって行きますし、位相（地域や年代・階層などの条件）によっても違いがあります。ですから、どんな時代の、どんな作品を読んだとしても、「？」な言葉は少なからず出て来るでしょう。

そういう「？」な言葉を、間違いだとか、古い言葉だと決めつけて捨て去ってしまうことは簡単です。逆に、名高い文豪たちが使っているのだから、現代人も同じ言葉を使って良いのだという考えにも、一理あるようにも思えます。

ですが、文豪が使っているから、この言葉は「正しい」のだとか、辞典や文法書と違っているから「誤り」なのだとか、安易に決めつけてしまうことをせずに、いろいろな作品のいろいろな言葉をじっくりと味わってみてください。そうすることで、一見したところではなにげなそうな言葉の中に籠められた、作家たちの息遣いに触れることができるでしょう。

名作を紹介したダイジェストやあらすじの書かれたものはたくさんありますけれども、文学作品は、始めから終りまで読んで、初めて一つの作品です。そこに何が書かれているかを知るにはあらすじで十分かもしれませんけれども、それがどう書かれているかということを知るには、実際の作品の表現に触れる以外にはありません。

名作の表現には、厳選された言葉のエッセンスが詰め込まれています。読者の皆さんには、是非、作品の原文を読んで、文豪たちの言葉に直《じか》に触れていただきたいと思います。そのことによって、日本語・日本文学の穣《ゆた》かな世界の拡がりを、感じ取ることができるようになるはずです。

全然

全然すたれた

まずは、谷崎潤一郎の『文章読本』から始めることにします。

『文章読本』は、大文豪・谷崎が、一般の人に向けて、『われわれ日本人が日本語の文章を書く心得』を記した」ものです。ですから、谷崎の言うとおりに書いていれば、名文が出来上る……とまでは言えませんけれども、すくなくとも、日本語としてあるべき正しい文章を書くことができるようにはなるはずです。

その『文章読本』の中で、谷崎は、こんなことを言っています。

これは前に申し上げたことと矛盾するようでありますけれども、一歩進んで考えてみますと、口語文と雖《いえども》、文章の**音楽的効果**と**視覚的効果**とを全然無視してよい筈《はず》はあ

りません。　（文章とは何か）

斯様《かよう》に申しましても、私は文法の必要を全然否定するのではありません。初学者に取っては、**一応日本文を西洋流に組み立てた方が覚え易いと云《い》うのであったら、それも一時の便法《べんぽう》として已むを得ないでありましょう。**　（文章の上達法）

で、その無駄を削っては読み返し、削っては読み返しして、削れるだけ削る。そのためにはセンテンスの構造や言葉の順序を取り変えたり、全然用語を改めたりする必要も起る。　（文章の要素）

詮《せん》ずるところ、文字使いの問題につきましては、私は全然懐疑《かいぎ》的でありまして、皆さんにどうせよこうせよと申し上げる資格はない。鷗外流、漱石流、無方針の方針流、その孰《ど》れを取られましても皆さんの御自由でありますが、唯《ただ》、いかに面倒なものであるかと云《い》う事情を述べて、御注意を促すのであります。

（文章の要素）

今日《こんにち》は階級制度が撤廃されつつありますので、煩瑣《はんさ》な敬語は実用になりませんけれども、それにしましても衣冠束帯《いかんそくたい》が素襖大紋《すおうだいもん》になり素襖大紋が裃《かみしも》になり、裃が紋附《もんつき》袴《はかま》やフロックコートになったと云う程度に、儀礼が行われておりますからには、敬語も全然すたれた訳ではありません。

（文章の要素）

ほかにもありますけれども、これくらいにしておきましょう。

今あげた例を見て、「?」と感じられた方もたくさんいらっしゃるでしょう。それは、書かれている内容についてではなくて、「全然」という言葉の使い方です。これは一体、正しい使い方なのでしょうか。

手許にある国語辞典には、「全然」が、次のように説明されています。

その事柄を全面的に否定する様子。全く。「━〔＝まるで〕なっていない」〔俗に、否定表現を伴わず、「非常に」の意にも用いられる。例、「━（＝てんで）おもしろい」〕

（『新明解国語辞典　第三版』三省堂）

説明文で、「━」「ない」がゴシック体で強調されていますけれども、それは、「━（＝全然）」と「ない」が呼応していることを表わしています。同じ辞典の第六版では、「〔否定表現と呼応して〕あらゆる点から見て、その否定的な状態が認められる意を表わす」とあって、より明確に、「全然」と否定との呼応を指摘しています。

『新明解国語辞典』が「俗に」と言うように、否定表現を伴わない「全然」の使い方は、正しい使い方ではないと、一般には思われています。

ですが、最初にあげた谷崎の例は、どれも否定表現を伴っていません。中には、否定表現というのを「否定的なニュアンスを含む言葉」というふうに拡大解釈して、これらの例の場合なら、「全然―無視」「全然―否定」「全然―改める」「全然―懐疑的」「全然―すたれた」というふうに、否定表現を伴っているのだ、というようなことを言う人もいないわけではないようなのですが、それはいささかコジツケで、「否定表現」というのはあくまでも文法的な問題ですから、これらは否定を伴っている例には当たりません。否定的なニュアンスを含んでいても、たとえば「違う」という言葉を、「全然違わない」と否定表現にすることができるわけですから、これを混同しないことが肝要でしょう。

だとすると、谷崎は、誤った「俗」な使い方をしているのでしょうか。そんな変テコな言葉遣いをしているような人に、「文章を書く心得」などを説いて欲しくない！　という気にさえなるかもしれません。

この『文章読本』は昭和九年（一九三四）に発表されたものですが、あるいは、その頃には既に、本来の使い方ではない「俗」な使い方が拡まっていた、ということなのでしょうか。

全然《まるで》・全然《すっかり》

先ほどあげた谷崎の『文章読本』よりも古く、芥川龍之介の文章に、こういうものがあります。

下人は、老婆をつき放すと、いきなり、太刀《たち》の鞘《さや》を払って、白い鋼《はがね》の色をその眼の前へつきつけた。けれども、老婆は黙っている。両手をわなわなふるわせて、肩で息を切りながら、眼を、眼球《めだま》が瞼《まぶた》の外へ出そうになる程、見開いて、唖《おし》のように執拗《しゅうね》く黙っている。これを見ると、下人は始めて明白にこの老婆の生死が、全然、自分の意思に支配されていると云《い》う事を意識した。

（『羅生門』）

しかし、之《これ》を聞いている中《うち》に、下人の心には、或《ある》勇気が生まれて来た。それは、さっき門の下で、この男には欠けていた勇気である。そうして、又さっきこの門の上に上って、この老婆を捕えた時の勇気とは、全然、反対な方向に動こうとする勇気である。

（『羅生門』）

人間に、言語があるのは、偶然ではない。従って、彼等も手真似では用を弁じない事が、時々ある。が、彼等は、それを全然五位の悟性《ごせい》に、欠陥があるからだと、思っているらしい。

（『芋粥』）

『羅生門』の二例目の「反対」や、『芋粥』の例の「欠陥がある」を否定表現とは考えられないことは、先ほど書いたとおりです。さらに、『羅生門』の一例目には、否定めいた表現はまったくありません。

『羅生門』の発表は大正四年（一九一五）、『芋粥』は翌五年（一九一六）のものですが、もう少し遡って、夏目漱石にも用例があります。

ラファエルに寸分違わぬ聖母の像を二枚かけと注文するのは、全然似寄らぬマドンナを双幅《そうふく》見せろと逼ると同じく、ラファエルに取っては迷惑であろう、否《いな》同じ物を二枚かく方が却って困難かも知れぬ。弘法大師に向って昨日書いた通りの筆法で空海と願いますと云う方が丸で書体を換えてと注文されるよりも苦しいかも分らん。人間の用うる国語は全然模倣主義で伝習するものである。

（『吾輩は猫である』上・五）

「一体生徒が全然悪《わ》るいです。どうしても詫《あや》まらせなくっちゃあ、癖になります。退校さしても構いません。……何だ失敬な、新しく来た教師だと思って……」と云って着席した。

（『坊っちゃん』六）

「そう不勉強では不可《いか》ん。カントの超絶唯心論がバークレーの超絶実在論にどうだとか云ったな」
「どうだとか云った」
「聞いていなかったのか」
「いいや」
「全然《まるで》 stray《ストレイ》 sheep《シープ》 だ。仕方がない」

（『三四郎』六）

三四郎は「偉大なる暗闇」が気にかかるので、帳面《ノート》の傍《わき》に文芸時評を開けた儘《まま》、筆記の相間《あいま》々々《あいま》に先生に知れない様《よう》に読み出した。先生は幸い近眼である。のみならず自己の講義のうちに全然埋没している。三四郎の不心得には丸で関係しない。

（『三四郎』六）

『吾輩は猫である』の例には、「全然似寄らぬ」という否定と呼応する例も入っていますけれども、今問題にしているのは、後に出て来る「全然―伝習する」の方です。

その『猫』は、明治三八～三九年（一九〇五～一九〇六）、『坊っちゃん』が明治三九年（一九〇六）、『三四郎』が明治四一年（一九〇八）のものです。

なお、『三四郎』の例の一つ目のものは、「全然」を「まるで」と読ませていますから、「ぜんぜん」とは関係ないと言えば関係ないのですが、「まるで」という言葉を表わすのに「全然」という字を宛《あ》てているところに意味があります。「ぜんぜん」という言葉を前提として、それに「まるで」というルビを振っているわけですから、「ぜんぜん」とはまったく関係ないと言い切ってしまうことはできません。むしろ、「全然」という字を「まるで」の意味で使っていることの証拠として、心に留《と》めておくべき事例でしょう。それで、あえて上げておきました。

屋下に屋を架《か》す感はありますが、もう少しだけ古いものをあげておきましょう。明治三四年（一九〇一）の、国木田独歩『牛肉と馬鈴薯《ばれいしょ》』の例です。

> 僕の恋人は死《しに》ました。この世から消えて失《なく》なりました。僕は全然恋の奴隷《やっこ》であったから彼少女《かのむすめ》に死なれて僕の心は掻乱《かきみだ》されたことは非常であった。しかし僕の悲痛は恋の相手の亡《なく》なったが為の悲痛である。死ちょう冷刻なる事実を直視することは出来なかった。

この作品には、この少し前の部分にも、「僕は全然まいッちまいました」「冬になると雪が全然家を埋めて了《しま》う」というところがあるのですが、これらの「全然」の文字にはどちらも「すっかり」というルビが振られています。これらは、「全然」という字を「すっかり」という言葉として使っているわけですけれども、今引用した部分の「全然」には「ぜんぜん」というルビが振られていますから、ここは間違いなく「ぜんぜん」の例だということになります。

さて、昭和七～一二年（一九三二～一九三七）に発行された『大言海』という国語辞典には、「全然」に対して次のような説明があります。

マッタク。マルデ。スベテ。残ラズ。「全然、知ラズ」

ここには否定と呼応する云々という記載がありませんが、それは、否定と呼応する使い方をしないということではありません。下に否定の表現が来ても来なくても、使い方に変わりはないので、特別に記載されていないのです。現に、例としては、「全然、知ラズ」という否定と呼応する使い方が示されています。

ここまで見て来たことから、すくなくとも昭和初期まで、否定表現を伴わない「全然」が、ふつうに使われていたことがわかります。

全然同じ

これまでに、古い年代のものを確認して来ましたので、今度は逆に、時代を下ってもう少し新しい例を見てみることにしましょう。

「……そりゃあ男が女であり得ないように、女も男であり得ない、両性のそれぞれの先天的な特質はありますけど、それは男も女もそれぞれにいたわっていかなければならない大切な特質ですし、またそのために男女が一対の夫婦になって、お互いの足りない所を補い合って、人格を発展させ、充実させていく必要があるのじゃないでしょうか……」

「全然同意ですな……」

沼田は変な軍隊用語で、ポカンと気が抜けたように答えた。雪子はクスリと笑った。

（石坂洋次郎『青い山脈』みのりの秋）

『青い山脈』は、昭和二二年（一九四七）の発表、戦後間もない当時の若い世代の人物の会話文の中の用例です。なお、この会話文は、「変な」と評されていますが、変なのは、「全然」の使い方ではなくて、ふつうにはあまり使われない、軍隊で使うような言葉ということで、「同意です」に対して言っているのでしょう。

同じ頃の例。坂口安吾の作品から。

私は今日、政治家、事業家タイプの人、人の子の悲しみの翳《かげ》をもたない人に対しては本能的な反撥を感じ一歩も譲らぬ気持になるが、悲しみの翳に憑かれた人の子に対しては全然不用心に開け放して言いなり放題に垣を持つことを知らないのである。

（『石の思い』）

だから巨勢《こせ》博士は全然評判が悪い。その代り愛嬌があって、クリクリ可愛くて、御婦人に丁寧で、まったく凄味がないから、御婦人連には大もてで、

「巨勢さん、いい人いらっしゃるの？」

「え？　ハア、おはずかしい次第で」

（『不連続殺人事件』五）


心中も、伊東までは全然ダメだ。誰も大切にしてくれない。伊東を越して南下して、富戸《ふと》から南の海へかけて飛びこむと、実に鄭重な扱いをしてくれるそうだ。……伊東は祐親《すけちか》の城下であるが、そのせいではなかろうけれども、水屍体は全然虐待される。富戸と伊東は小さな岬を一つ距《へだ》てただけで、水屍体に対する気分がガラリと一変しているのである。

（『安吾巷談《こうだん》』湯の町エレジー）


『石の思い』は昭和二一年（一九四六）、『不連続殺人事件』は昭和二二～二三年（一九四七～四八）、『安吾巷談』は昭和二五年（一九五〇）の作品です。

明治三九年（一九〇六）生まれの安吾は、昭和二五年には四四歳。そして、明治三三年（一九〇〇）生まれの石坂は五〇歳でした。この当時、四〇～五〇代の作家が、明治時代以来使われていた、否定と呼応しない「全然」をふつうに使っていたわけですから、もう少し後の時期まで、こういう使い方がされていても不思議ではないと思います。

そこで、さらに新しい例をあげてみます。最初のは翻訳ものですが……。

ブルーノ検事―「それよりも、レーンさん、問題は果物ですよ。スミスさん、あなたは昨夜ナイト・テーブルに果物鉢がのせてあったのをご存じですか」
スミス―「はあ、存じております」
ブルーノ検事―「中味は今日われわれが見たのと全然同じですか？」
スミス―「そのように思います」（クイーン＝大久保康雄訳『Yの悲劇』第一幕第三景）

タクシーは東京を走りぬけ、本所《ほんじょ》へはいり、錦糸町へと向っていた。こっちへ来たのは戦後はじめてのことで、荒地や沼や田ばかりだったのが、ぜんぜん工場や家でふさがっているのに驚かされた。道も舗装されたのが縦横に通じてい、運転手君とわが友人で休みなしに論争が取り交わされた。

（山本周五郎『青べか物語』三十年後）

「とても駄目です」と答えると、工場長は、今後とも死者がぞくぞく出る見込だから、どこかお寺へ行って火葬するときに、坊主の読む経文《きょうもん》をノートして来いと云った。それればかりでなく、広島には真宗《しんしゅう》の人が多いから、真宗の流儀で読む経文を筆記して来いと注文つけた。

「しかし工場長、それはお断りします。いくらノートを取って来たって、わたしには亡者《もうじゃ》を導く力がありません。私は仏教については全然素人《しろうと》です。」

（井伏鱒二『黒い雨』9）

『Yの悲劇』の翻訳が昭和三三年（一九五八）、『青べか物語』が昭和三五年（一九六〇）、

『黒い雨』が昭和四〇〜四一年（一九六五〜一九六六）のものです。

全然ハッキリ

このように、否定表現を伴わない「全然」が、かなり後にまで使われていることは確認できたのですが、時代が下るにつれて、そういう「全然」の実例をどのように扱うべきか、難しくなって来ます。

現代では、否定表現を伴わないのは「俗」な使い方だと見なされているわけですから、どこかにその転換点があります。ですけれども、ある年、ある一日を境に、否定と呼応しない「全然」が突如使われなくなるわけではありませんし、否定表現を伴わない使い方の実例がある、イコール「俗」な使い方とは把えられていなかった、とは言えません。言葉の専門家、有名な文豪が使っているとしても、既に「俗」な使い方だと思われるようになっている言い方を、上手の手から水が漏れて、うっかり使ってしまった、というケースがないとも言えません。

そういうわけで、この当時の読者が、否定表現を伴わない「全然」を目にして、誤った俗な使い方と感じて読んでいた可能性も、一概に否定はできないのです。

そこで、現代の国民的国語辞典と言っても言い過ぎではない、『広辞苑』(岩波書店)の説明を見てみることにします。国語辞典に書かれていれば、それがすべて正しい、というほど単純なものではないのですが、昭和三〇年(一九五五)に発売されてから現代に至るまで、改訂されながら長年に亙って発行され続けているものですから、その遷り変わりを見ることで、「全然」の使い方の変遷を知る参考にはなるでしょう。

『広辞苑』の前身と言っていい『辞苑』(博文館)という辞典と併せて、並べてみることにします。

▽『辞苑』昭和一〇年(一九三五)

全く。すべて。まるで。

▽『広辞苑　第一版』昭和三〇年（一九五五年）
全きさま。全く。すべて。まるで。
▽『広辞苑　第二版』昭和四四年（一九六九）
（下に否定の語を伴って）全く。まるで。「―わからない」
▽『広辞苑　第三版』昭和五八年（一九八三）
①（下に打消の言い方や否定的意味の語を伴って）全く。まるで。「―わからない」「―駄目だ」②（俗な用法として、肯定的にも使う）完全に。非常に。「―同感です」

第三版には、名詞としての「全然」の使い方も載せられているのですが、これは省略して、副詞の説明だけをあげておきました。

昭和一〇年の『辞苑』、昭和三〇年の第一版には、否定云々という説明がありません。もちろん、これは先ほど書いた通り、否定表現を伴う使い方がなかったということではなくて、否定にも肯定にも、どちらにも関係なく使えたから、特別に説明がされていないのです。そして、昭和四四年の第二版で初めて、「否定の語を伴って」という説明が出て来ます。更に、昭和五八年の第三版から、否定を伴わない使い方を「俗」だとする説明が加えられているのです。

これで結論を出してしまうことは安直に過ぎますが、大雑把な流れとしては、元々は否定にも肯定にも使ったのが、否定にしか使わないようになって、その後再び肯定にも使うようになった、ということになるのでしょう。これまでにあげた中で一番新しいの井伏の例は、年代的に言ってやや微妙なところかもしれませんが、それ以前のものについては、当時の読者にとって、それほどおかしな表現だとは受け取られていなかったと考えても良いのではないでしょうか。

それでは、今時の「全然ステキ」とか「全然おいしい」というような言い方が、文豪たちが使っていた由緒ある正しい使い方と同じものなのかというと、なかなかそうは行きません。『広辞苑　第三版』の言う「俗な用法」は、元来の肯定的に使う「全然」とは、まったく同じだとは言えないようなのです。

第三版には、肯定に使う「全然」が、「完全に。非常に」と説明されていますが、この「完全に」と「非常に」には違いがあります。「完全に」というのは、『辞苑』以来の説明するところと一緒です。『大言海』も同じですね。けれども、「非常に」というのは、それらとは違って、単に程度を強調しているだけです。「全然ステキ」というのは、「完全にステキ」というところまで誉めているのではなくて、「とってもステキ」という程度のことでしょう。だとすると、これまであげて来た例とはちょっと違うようです。『日本国語大辞典　第二版』（小学館）には、こういう程度強調の「全然」を、昭和二〇年以降に現われた用法だとしています。

もっとも、個々の例を見て行くと、果たして元来の使い方なのか、新しい使い方なのか、判断に迷うものも少なくありません。たとえば、『日本国語大辞典　第二版』が程度強調の例としてあげている、こんなものがあります。

「君、銀座へ遊びにくるんじゃないのかい」
「今月は、アブれたけど、先月一ぱいは、社交喫茶で、稼いだわよ。フルフル、面白かったわ。お金はとれるし、男性のウィーク・ポイント（弱点）は、全然、ハッキリしちゃうしさ」

（獅子文六『自由学校』ふるさとの唄）

『自由学校』は昭和二五年（一九五〇）、先ほどの石坂や安吾のものとほぼ同じ頃の作品ですけれども、『日本国語大辞典　第二版』では、これを旧来の使い方とは違う、新しい使い方の例だとしているのです。

なるほど、この「全然、ハッキリしちゃうしさ」は、「とっても、ハッキリしちゃうしさ」と言い換えても、通用しそうです。それで、「強調するだけ」の例としているのでしょうけれども、どうでしょうか。ここが、「残らず」とか「すっかり」の意味ではないと言い切れるのでしょうか。ここはむしろ、男性の弱点が残らずわかってしまう、という文脈として理解した方が良いように思います。

「とても」で言い換えても意味が通じる、というのは、かならずしも、「全然」を「とても」の意味で使っているということにはなりません。通じる、通じないで言えば、漱石の『坊っちゃん』の例を、「生徒が非常に悪るいです」と言い変えられないか、といえば、そうでもないでしょう。もちろん、『坊っちゃん』の例の「全然悪るい」というのは、生徒が全面的に、一方的に悪いということを言っているわけですから、単なる強調ではないのですけれども、「全然」を「非常に」に言い換えたとしても、意味は違ってしまうものの、通じないことはありません。ですから、言い換えられるから、そういう使い方だとは、決められないのです。

「強調するだけ」の「全然」を見慣れた現代人が『自由学校』の例のようなものを見ると、これも単なる強調だと感じてしまうかもしれませんが、当時の読者が同じように理解していたとは限らないのです。

先ほどあげた安吾の例の「全然」も、「とても」とか「非常に」とかに言い換えることができないこともなさそうです。もっとも筆者は、どれも「まったく」とか「完全に」の意味に取るべき例なのではないかと思うのですが、読者の皆さんは、どうお考えになるでしょうか。できれば、実際に原文に当たってみて、前後の文脈と読み合わせて、判断していただければ、と思います。

ともあれ、いずれにしても、かつては否定と呼応しない「全然」が、それほど珍しいものではなかったということに、間違いはないでしょう。

もちろん、明治から昭和に至る文豪たちが使っているから、現代において、否定を伴わない「全然」を使うことが正しいのだ、ということにはなりません。

大切なのは、過去にどのように使われていたか、ということを踏まえたうえで、それでは今、自分たちはどのような使い方をするべきか、考えてみることなのではないかと思います。

役不足

役不足

「次のプロジェクトは田中君に任せようか？」

「いやぁ、あいつじゃあ役不足だよ！」

「田中君」には荷が勝ち過ぎている、「田中君」にそんな力はない……「役不足」という言葉は、昨今では、そんな場合に、良く使われます。

ですが、手近な国語辞典を引いて見ればわかるように、実はまったく逆の意味の言葉です。いくつかの辞典の説明をあげてみましょう。

▽『新明解国語辞典　第六版』（三省堂）平成一七年（二〇〇五）
割り当てられた役目が軽過ぎ△る（て、それに満足出来ない）と思う様子だ。〔「―ながらその任を全うしたい」などと、自分の能力不足を謙遜する言い方に用いるのは

誤り「―だと文句を言う」

▽『広辞苑　第六版』（岩波書店）平成二〇年（二〇〇八）
①俳優などが、自分に割り当てられた役に対して不満を抱くこと。②その人の力量に比べて、役目が軽過ぎること。「―の感がある」▽誤って、力不足の意に用いることがある。

▽『日本国語大辞典　第二版』（小学館）平成一四年（二〇〇二）
①割り当てられた役に対して不満を抱くこと。与えられた役目に満足しないこと。②その人の力量に対して、役目が不相応に軽いこと。軽い役目のため実力を発揮できないこと。③（誤って、役に対して自分の能力が足りないの意と解したもの）役割を果たす力がないこと。荷が重いこと。「役不足ですが、一生懸命つとめたいと思います」

最初にあげた例のような使い方は、どの辞典でも「誤り」とされています。そのような使い方は、「力不足」とか「能力不足」と言うべきもので、本来の「役不足」という言葉の使い方ではないのです。

『広辞苑』では、「誤って、……ことがある」と言っていますけれども、現代では、本来の使い方より、この誤った使い方を目や耳にすることの方が、かえって多いくらいでしょう。

この「役不足」という言葉は、『広辞苑』の①に書かれていることからもわかるように、もともとは文字通り、芝居などの「役」が役者にとって不足している、という意味だったのですが、それがもっと抽象的な使い方がされるようになって、「役目」や「役割」が不足している、という意味になったのです。

実際の例として、こんなものがあります。

「誰か来るといえば、芝居の方から誰も来なかったかしら。」

「いいえ、今日はまだ誰も……。」と、お浜は丁寧に炭を積みながら答えた。「定さんの話に、おまえさんは今度は役不足だとか云うじゃありませんか。」

「役不足という訳じゃない。」と、紋作は膝の前の煙管《きせる》を引寄せた。「旅へ出てなら兎も角も、江戸の芝居で私に判官《はんがん》と弥五郎を使わせてくれる。役不足どころか、有難い位のものさ。だが、どうも気が乗らない。今もいう通り、今度の芝居はいっそ休もうかとも思っているんだ。」

（岡本綺堂《きどう》『人形の怪』二）


「どうです、青山君、君も役不足かも知れないが、一つ飛騨の山の中へ出掛けて行くことにしては。」

どうして役不足どころではない。それこそ半蔵に取っては、願ったり叶ったりの話のように聞えた。この飛騨行《ゆき》については、恭順《きょうじゅん》はただ不二麿《ふじまろ》の話を取り次ぐだけの人だと言っているが、それでも半蔵のために心配して、飛騨の水無《みなし》神社は思ったより寂しく不便なところにあるが、これは決して左遷の意味ではないから、その辺も誤解のないように半蔵によく伝え呉れとの不二麿の話であったと語ったりした。

(島崎藤村『夜明け前』第二部(下)・第十一章・三)

綺堂の例は、『半七聞書帳』(後に『人形遣い』と改題されて『半七捕物帖』に収録されます)の一篇ですが、今度の役が役不足なのではないか、というお浜の問いに対して、若竹紋作という人形使いの若者が、「役不足という訳じゃない」、むしろ「有難い位のもの」だと答えている場面です。

紋作は、次の出し物の『仮名手本忠臣蔵《かなでほんちゅうしんぐら》』で、塩谷《えんや》判官と神崎弥五郎という主役級の二役《ふた》を割り当てられています。この『忠臣蔵』は、歌舞伎の芝居としても有名ですが、もともとは『菅原伝授手習鑑《すがわらでんじゅてならいかがみ》』『義経千本桜《よしつねせんぼんざくら》』と並んで、人形浄瑠璃の三大傑作と言われる人気演目です。その『忠臣蔵』の重要な役を、江戸の芝居で勤められるのですから、紋作の言葉のとおり「有難い位」なわけで、この「役不足」は、演じる「役」が不足している（物足りない）という本来の意味で使っているのです。

藤村の例は、東京で半年間、「教部省御雇《きょうぶしょうおやとい》」として奉職していた青山半蔵という青年に対して、飛騨（岐阜県）の辺鄙な土地の神社の宮司になることを、宮司の仕事の話を持って来た金丸恭順という医師が、「役不足」と言っています。教部省というのは、明治五〜一〇年（一八七二〜一八七七）の間に置かれていた、神社仏閣にかかわる行政を行なう官庁ですが、半蔵はそこに勤めていたのです。

ここで「役不足」と言っているのは、それまで教部省で仕事をしていた半蔵には、辺鄙な土地での仕事に就くことが不足だろうと、恭順が気を使っているのです。けれども、半蔵が東京へ出て来たのは、役所勤めをするためではなく、

彼半蔵の本意はそういうところにあるではなく、どこか古い神社へ行って仕えたい、そこに新生涯を開きたいとの願いから、その手がかりを得たいばかりに、わざわざ今

度の上京となったのであるが、しばらく教部省に奉職して時機を待てとの不二麿の言葉もあり、それに空しい旅食《りょしゅく》も心苦しいからであった。

（第二部（下）・第十章・四）

という事情だったのですから、半蔵自身にとっては、「役不足どころではな」く「願ったり叶ったり」だったのです。ですから、この「役不足」も、本来の使い方です。

誤って……

ところで、先ほどいくつかの辞典の「役不足」の説明をあげておきましたが、同じ辞典でも、少し古い版を見てみると、書かれていることが少々違っています。それを、次に上げてみます。

▽『新明解国語辞典　第三版』（三省堂）昭和六〇年（一九八五）

割り当てられた役目が軽過ぎ・る（て、それに満足出来ない）こと。「―を言う」

▽『広辞苑　第五版』（岩波書店）平成一〇年（一九八八）
①俳優などが、自分に割り当てられた役に対して不満を抱くこと。②その人の力量に比べて、役目が軽過ぎること。「―の感がある」

▽『日本国語大辞典』（小学館）昭和五一年（一九七六）
①振り当てられた役に対して不満を抱くこと。与えられた役目に満足しないこと。
②その人の力量に対して、役目が不相応に軽いこと。軽い役目のため実力を十分に発揮できないこと。

本来の使い方の説明自体は、ほとんど違いがないのですが、これらの古い版には、どれにも、最初にあげた新しい版に書かれていたような、「誤り」とか「誤って」という説明がありません。それが何故なのか、ひと言で言うと、言葉は時代とともに変化するものだからです。

辞典には、たとえ誤った使い方であっても、そういう言い方が実際に使われているのであれば、それを載せて説明しておく必要があります。けれども、実際に誤った使い方がされていなければ、わざわざ「誤り」だと説明する必要はありません。もともとは誤った使い方がされていなかったので、辞典にはそういう説明がなかったのですが、誤った使い方＝今までになかった新しい使い方が出て来たから、新しい辞典にはそれが取り入れられた、ということなのです。

ところで、最初にあげた「役不足」の誤った使い方が説明されている辞典は、どれも二〇〇〇年以降に改訂されたものですが、これは、そういう誤った「役不足」の使い方が、二一世紀になって突如現われた、ということではありません。

国語辞典というのは、今、日常的に使われている言葉が漏れなく載っているものではありません。今は盛んに使われているにしても、来年の今頃になったらもう使われなくなってしまうかもしれないような言葉は、辞典には載せられないのがふつうです。そういう一時の流行語を残らず辞典に載せるのは不可能ですから、その言葉が、かなりの程度に定着したと判断された時に、初めて辞典に載せられることになるのです。逆に、仮に正しい使い方ではないとしても、そういう言葉が実際に頻繁に使われているのであれば、辞典に載せて説明を加えておく必要があるのです。言い換えると、辞典には、そこに載せられるに値する言葉が選ばれているのです。

もちろん、辞典に載っていなければ、そういう使い方は一切されていなかった、ということではありません。そういう言い方がされていたとしても、それほど拡まってはいずに、多くの人がそれを正しい使い方だとは考えていないような状態であれば、辞典には載せられません。逆に言えば、そういう言い方がある程度拡まっていて、それが正しい言い方だと考える人が増えて来た時に、辞典に載せられることになるのです。つまり、「役不足」の誤った使い方は、今世紀に入ってようやく認められた（誤った使い方が定着したと見なされた）ということなのでしょう。

力不足？

先ほどあげた「役不足」の例は、綺堂の例が大正八年（一九一九）、藤村のものが昭和四～一〇年（一九二九～一九三五）のものですが、今度はもっと新しい例を見てみることにしましょう。

次に引くのは、坂口安吾の『金銭無情』という小説の中の一節です。

「……浮気というものは金銭上の取引にすぎんですから、まア、ちょっとした保養なんですな。それ以上のものはこの世に在りゃしないです。それにしても、こう申上げては失礼だけれど、絹川という色男も、瀬戸という色男も、どうもあなた、少し役不足じゃありませんか」

「ええそれはうちの宿六《やどろく》はたしかに偉いところもあるけど、ああまでコチコチに何から何まで理ヅメの現実家なんて、息苦しくって堪らないものよ。恋愛なんてどうせタカの知れたものですから、どうせ序曲だけでしょうけどね、序曲だけだっていいじゃありませんか。……」

ここは、倉田と富子という登場人物の会話です。倉田の会話の中に、「役不足」という言葉が出て来ます。

倉田が、絹川や瀬戸という男のことを、富子の相手をするには「役不足」だ、と言っているのだとしたら、これは誤った使い方の例だということになります。絹川や瀬戸には、富子の相手をするだけの力はない、という意味ですから、これは本来の「役不足」の使い方ではありません。

この作品が発表されたのは、戦後間もない昭和二三年（一九四八）ですから、誤った使い方の例だとすれば、かなり古いものと言って良いかもしれません。ですが、そうとも言い切れないところがあります。

『日本国語大辞典　第二版』の「役不足」の項目には、用例として、森茉莉の『恋人たちの森』が上げられています。

「僕じゃ貫禄がないからな。ギドなら素晴しいけれど、ルオオだって、ルッソオだって、もっと昔のだって、皆知っているし」

「僕じゃ少し役不足だね。みんなパウロを素人としてみているんだから、幾《いく》らか解《わか》っていて、感じがよけりゃあいいんだ」

ギドウはパウロの顔を微笑《わら》って見ていて、言った。

この場面は、義童《ギドウ》（ギド）が、絵画の売買の仲介人として巴羅《パウロ》を推薦しようとするところです。「役不足」という言葉は、ギドウの会話文の中に出て来ます。

仲介人の仕事はギドウでは務まらない、力不足だ……。つまり、これは誤った「役不足」の使い方の例だと言えば、そういうふうに読むことができるようにも思えます。そうだとすれば、ギドウが、自分の能力ではその仕事は務まらない、と謙遜しているということになります。

けれども、この例は、本来の使い方として採られているものです。つまり、ギドウの能力からすれば、その仕事は似つかわしくない、仕事の内容が軽過ぎる、という表現として、取り上げられているのです。

この例は、仲介人の仕事がギドウにとって「役不足」なのであれば本来の使い方の例として、ギドウがその仕事をするのに「役不足」なのであれば誤った使い方の例として、どちらに取っても意味が通じないことはなさそうです。この部分だけを見ていたのでは、やや判断に迷うところです。

そこで、この少し前の部分を見てみます。

ギドウは銀座の画廊、ブリヂストン、デパアトなぞの展覧会に足を運んで画《え》を買う、一部の金持連中と、家同士の附合いがある。その連中の中には画商を間に入れることを嫌い、直接画を持っている人間同士に、適当な礼金で橋渡しを頼みたいと思っているのがいた。よくある半玄人《くろうと》のような連中にみすみすぼろい商売をされるのも不愉快である。その仲介人に、ギドウはパウロを推《お》してやろうと言うのである。

これを読むとわかるように、なまじ絵画の知識のある「半玄人のような連中」は、その仕事の為手《して》として求められていないのです。ギドウは、パウロが素人であるがゆえに、仲介人として推薦しようとしているのです。パウロに「貫禄がない」ことは、むしろ、その仕事の為手としての条件に合っています。だから、「ルオオ」や「ルッソオ」や「もっと昔の」を知っているギドウにはその仕事はふさわしくない、ギドウよりもももっとずっと貫緑のない、絵画の知識のない人物が、その仕事にはふさわしい、というのが、ここの文脈なのです。

つまり、ギドウにとっては、仲介人の仕事が「役不足」だということです。素人がやるような仕事は、絵画の知識のあるギドウには「役不足」なのです。ですからここは、本来の使い方の例だと考えられるでしょう。

この『恋人たちの森』が発表されたのは、昭和三六年（一九六一）のことです。この用例で、読者が迷いなく本来の使い方だと判断できていたのだとしたら、この頃には、誤った使い方としての「役不足」がまだそれほど拡まってはいなかった、ということなのでしょう。

安吾の例に戻ります。

これを本来の使い方と取るか、誤った使い方と取るかは、絹川・瀬戸と、富子と、どちらを主体として見るかによって変わって来ます。それによって、この文の「役不足」は、まったく反対の意味に取ることができるのです。

整理すれば、次のようになるでしょう。

（1）富子と付き合うことは絹川・瀬戸にとって役不足だ。

（2）富子にとって、絹川・瀬戸は付き合う相手として役不足だ。

（1）は、絹川・瀬戸を主体とする表現です。絹川・瀬戸の二人にとって、富子と付き合うことが「役」に当たります。この場合は、絹川・瀬戸には、富子と付き合うという行為は荷が勝っている、「役不足」だ、と言っているわけですから、これなら「力不足」を意味する誤った使い方です。

それに対して、（2）は、富子を主体とする表現です。この場合、絹川・瀬戸という男が「役」に当たります。富子が付き合う相手として、絹川・瀬戸では物足りない、彼らでは「役不足」だ、と言っているわけで、これなら本来の使い方です。

このように、(1)(2)のどちらにも取ることはできそうなのですが、本文を良く読んでみると、本来の使い方として見た方が良さそうです。

絹川と瀬戸のことを「役不足」だと言う倉田に対して、富子が「うちの宿六はたしかに偉いところもあるけど、……」と答えています。富子は、絹川・瀬戸と「うちの宿六」を比較するような返答をしているのです。そのことから考えれば、倉田の言った「役不足」は、富子にとっての絹川・瀬戸の価値を問題にしているものとして見るべきでしょう。富子を主体として、富子にとって絹川・瀬戸の価値が低いのではないか、と言っているのが倉田の言葉で、それに対して「うちの宿六」が「偉いところもある」というのが富子の答えなのです。

倉田の言葉だけならどちらにも取ることができそうですが、すくなくとも富子は、本来の使い方として、倉田の「役不足」という言葉を受け取っているようです。つまり、この例の「役不足」は、絹川・瀬戸が、富子の「役」として不足しているという、本来の使い方の例だと理解するのが適当でしょう。

また、誤った使い方としての「役不足」の用法が、（まったくなかったというわけではないでしょうが）それほど拡まっていなかったであろう当時の読者は、これを読んだ時、恐らく本来の使い方としての「役不足」だと理解したのではないかと思います。ですから、読者の側から見ても、ここは本来の使い方と考える方が良いでしょう。

ここまで見て来たように、ここにあげた安吾や森の例は、どちらも本来の使い方と考えるべきものだと思いますけれども、綺堂や藤村の例のような、誤解を生む余地のまったくないものと比べると、逆の意味に間違って読むことのできそうな要素が多分にあります。このような、一見、逆の意味にも取れないことのない「役不足」の使い方が、現在一段と拡まりつつある「誤り」の使い方を生む原因になった、ということも言えるのかもしれません。

女に別れる

女に別れる

田山花袋《たやまかたい》といえば、『蒲団』や『田舎教師』などを書いた、自然主義文学の代表的な作家として知られていますが、その花袋に、『東京の三十年』という作品があります。これは、花袋が東京に出て来てからの約三十年の間の東京の変遷と、花袋をとりまく文壇の人びとの様子を描いた好エッセイです。

この作品の中の一節をあげてみることにしましょう。まずは、花袋が尾崎紅葉の文章を批評している場面です。

紅葉の作物《さくぶつ》を読んだものは、紅葉が男女の心理について、かなりに深い到達を発見することが出来ると思う。『金色夜叉《こんじきやしゃ》』の中心を貫いた作者の思想、又は『三人妻』の中にあらわれたある一部、『多情多恨《たじょうたこん》』の中に見える鷲見柳之助《すみりゅうのすけ》の苦悶、あの柳之助の苦悶は、妻にわかれた苦悶ではなくて、女に別れた苦悶ではないか。死別ではなくて生別ではないか。そう見た方が少くとも自然でないか。（H書店の応接間）

ここでは、「妻にわかれた」「女に別れた」という表現に注目してみようと思います。現代語の感覚からすれば、「妻とわかれる」とか「女と別れる」とあるのがふつうでしょう。それが、「妻に」「女に」というように、助詞「に」が使われています。

これは花袋の書き間違いなのか、それとも誤植《ごしょく》なのか……。そういうふうにも思われるかもしれませんが、この作品には、似たような例が、ほかにも出て来ます。

緑雨《りょくう》――正直正大夫。その前生は江東みどり、藤堂《とうどう》家の藩士で、幼い頃から聡明であったという。『油地獄《あぶらじごく》』『かくれんぼ』後に『門三味線《かどじゃみせん》』を半分ほど新聞に出したが、それから後は全く小説に筆を断って、鋭利な諷刺に富んだ断片語のみを書いた。

（『かくれんぼ』の作者）

ここは、同時代の批評家・斎藤緑雨について書いているところ。「正直正大夫」「江東みどり」というのは、いずれも緑雨の別の筆名《ペン・ネーム》です。

「小説に筆を断って」というのは、緑雨が小説を書くのをやめた、ということを言っているわけですから、「小説の筆を断って」とか「小説は筆を断って」とでもあった方が、わかりやすいかもしれません。

同じような言い方に、二葉亭四迷について書いている、

しかし彗星のような氏は、滅多にその作品を公にしなかった。『浮雲』以後は、久しく筆を創作に断った。そして十年ほどしてから、すぐれたあの『片恋』の翻訳を公にした。それから又五、六年は沈黙した。やがてゴルキイの翻訳が出た。そして最近に、『其面影《そのおもかげ》』『平凡』の二作を出した。　（二葉亭の死）

というのもあります。ここも同じく、「創作の筆を断って」とでもしなければ、通じにくいでしょう。

なお、ここに出て来る「ゴルキイ」というのは、一九〇〇年前後に活躍したロシアの作家、マクシム・ゴーリキーのことで、夏目漱石の『坊っちゃん』にも、教頭の赤シャツが、釣り上げた魚の名前に引っ掛けて「ゴルキと云《い》うと露西亜《ロシア》の文学者見たような名だね」と言っている場面があります。

もう一例。

氏の夫人の美しいことは、当時文壇の噂の種《たね》となる位であったから、間接ながら、私も知っていた。氏の新婚の当座、田村松魚《しょうぎょ》氏が、「鷗外め、嬶《かか》をつれて飛鳥山《あすかやま》に遊びに出かけて行っていたが、甘いもんだぜ、見ていられなかったよ。」こう博文館の編《へん》輯《しゅう》で、誰かに言っていたが、私はそれを聞いて、却って氏のために、松魚氏に対して反感を抱いたことなどもあった。その若い夫人にわかれて、氏はあのさびしい遼東《りょうとう》の野に起臥《きが》していたのであった。
（陣中の鷗外漁史《ぎょし》）

ほかにもあるのですが、これくらいにしておきましょう。

ふつうとは違うように思われる「に」の使い方ですが、こう何度も出て来るのですから、どうも書き間違いや誤植ではなさそうです。では、そうではないとして、それではこれが花袋の独特の言い回しなのか、というと、これまたどうやらそうではないらしいことが、夏目漱石の作品にも、同じような例が見られることからも知れます。

時計はもう一時半であった。小さい時分から父に伴《つ》れられて外出《そとで》する度《たび》に、屹度何処《きっとどこ》かで物を食う癖の付いた自分は、成人の後《のち》も御供と御馳走を引き離しては考えていなかった。けれども其日《そのひ》は何故だか早く父に別れたかった。
（『行人』塵労・八）

「まだ少し訓練が足りないんじゃないか」

津田は言葉を改めた。

「然《しか》し君は一体何《ど》んな事を云《い》って、彼奴《あいつ》に調戯《からか》ったのかい」

「そりゃもうお延さんから聴いたろう」

（『明暗』下・一一六）


然し彼の驚ろかし方には、また彼一流の順序があった。彼は一番始めに斯《こ》んな事を云って津田に調戯った。

「兄弟喧嘩をしたんだって云うじゃないか。先生も奥さんも、お秀さんに喋舌《しゃべ》り付けられて弱ってたぜ」

（『明暗』下・一一九）


これも現代なら、「父と別れたかった」「彼奴を調戯った」「津田を調戯った」とでもありたいところでしょう。それが、「父に」「彼奴に」「津田に」というふうに、いずれも助詞「に」が使われています。

君に恋《こ》ふ

さて、唐突のように思われるかもしれませんが、ここで、『万葉集』の和歌を例にあげてみることにします。

天地《あめつち》の　極《そこひ》のうらに　吾《あ》がごとく　君に恋ふらむ　人は実《さね》あらじ　(三七五〇番歌)

(天地の果てまで行っても、私のようにあなたを恋する人は、まったくいないでしょう。)

春の日の　うら悲しきに　おくれゐて　君に恋ひつつ　現《うつ》しけめやも　(三七五二番歌)

(春の日の物悲しい時に一人残されていて、あなたを恋し恋して、正気でいられるでしょうか。)

どちらも巻十五にある、狭野弟上娘子《さののおとがみのおとめ》の歌です。

「君に恋ふらむ」「君に恋ひつつ」とありますが、現代語であれば、訳に示したように、「君を」とあった方がしっくり来るだろうと思います。

もっとも、現代語でも、「君に恋してる」と言うことがあるではないか、と思われるかもしれません。また、『万葉集』の注釈書を見ても、「あなたに恋い焦がれている」という訳を付けているものがあります。けれども、この例は、それとはちょっと違っていて、「君に恋する」という言い方です。意味合いは似ていますが、「恋する」というのは動作で、「恋してる」や「恋い焦がれている」は状態を表わしているので、表現としては微妙に違いがあります。この場合、「君に恋する」より「君を恋する」という方が、一般的な言い方でしょう。

格助詞の「に」には、動作の対象を示す用法があります。『万葉集』の例で言えば、「恋ふ」という動作の対象が「君」だということです。言い換えれば、「君」に対して「恋ふ」という動作を行なうわけです。

先ほどあげた漱石の例の『明暗』の二例目、「津田に調戯った」で言うと、「調戯」うという動作が、「津田」を対象として行なわれているのです。強いて言い換えれば、「津田に対して調戯った」「津田のことを調戯った」ということになるわけですが、それが、格助詞「に」で表わされているのです。

『明暗』のもう一例も、「彼奴に対して」「彼奴のことを」ということですし、『行人』の例も、「父に対して別れたかった」ということです。

花袋の例に戻ると、これらの例と同じように、「妻」「女」「夫人」が、「わかれる（別れる）」という動作の、「小説」「創作」が「筆を断って」「筆を……断った」という動作の、それぞれ対象になっているのです。つまり、「妻に対してわかれる」「女に対して別れる」「小説に対して筆を断って」「筆を創作に対して断った」「夫人に対してわかれて」という意味合いで、「に」が使われています。

「動作の対象」などというと、難しくてわかりにくく感じられるかもしれませんが、実は、「会社に勤める」というような使い方と、さほど変わりはないのです。これは、「勤める」という動作の対象が「会社」だというわけですね。今では「津田に調戯う」のような「に」は使われなくなっていますが、元を辿れば、日本語としてそんなにおかしなものではないことがわかるでしょう。

芥川龍之介の『路上』という短篇の中にも、同じような例が出て来ます。

大井は海老茶色《えびちゃ》の幕へ手をかけた儘《まま》、ふらつく足を踏みしめて、暫く沈吟《ちんぎん》していたが、やがて俊介の鼻の先へ酒臭い顔を持って来ると、

「君は僕がどうしてあの晩、国府津《こうづ》なんぞへ行ったんだか知らないだろう。ありゃね、

嫌《いや》になった女に別れる為の方便なんだ。」（三十五）

この心もちは君に通じないだろうな。通じなけりゃ——まあ、それまでだが、つまり僕は嫌になった女に別れるんでも、出来るだけ向うを苦しめたくないんだ。出来るだけ——いくら嘘をついてもだね。（三十五）

長谷川時雨の『旧聞日本橋』から。

お其《その》はだまって見ていたが——たんばほうずきが幾個《いくつ》破られて捨てられてもだまって見ていたが、その儘帰りかけると、大きな声で、

「盗棒《どろぼう》、盗棒、盗棒——」

と喚《わめ》きだした。もとより、あたしもお其にかせいして、盗棒とどなった。諸方《ほうぼう》から人が出て来たが盗棒はいなかった。するとお其はあたしに指さして、

「盗棒！」

と言った。幼心《おさなごころ》にはずかしさと、ほこらしさで、あたしもはにかみながら、

「盗棒！」

とおうむがえしに言った。みんなが笑った。

（町の構成）


志賀直哉の『暗夜行路』から。


寝静まった町を五人は安井神社の境内を抜けて帰って行った。脊《せ》の低い、癖毛の、一寸《ちょっと》美しい芸者が何か末松《すえまつ》に揶揄《からか》いながら暗い路で謙作の手を握った。謙作は握り合した手を其《その》儘自分の二重まわしのポケットに入れ、女の肩を二の腕に感じながら歩いた。

（後篇・第三・十五）


看護婦の林が出て来て、黙ってその昇汞《しょうこう》の洗面器を取上げると怒ったような顔をし

て、どんどん台所の方へ下げて行った。

謙作達は此一《このい》っこくのような所のある、勝気《かちき》な看護婦に信頼していた。林は赤児《あかご》の事では緊張し続けた。よく健康が続くと思う位だった。

(後篇・第三・十九)

あそこに……

『東京の三十年』からもう一例、先ほどのものとはまた違った「に」の使い方をとりあげることにしましょう。

今年四十九になるある中老の主婦は私に言った。「まァ、そうですか。貴方《あなた》がその時分、あそこに子僧さんをしていたんですか。わるいことは出来ないもんですね。……」

(その時分)

「子僧さんをしていた」のが「あそこ」なのですから、ふつうなら、「あそこで」とありそうなところです。が、ここではそれが「に」になっています。「あそこで子僧さんをしていた」ならすんなりと理解できますが、「あそこに」というのはちょっと変な感じがするでしょう。

　これと同じような使い方は、ほかにも出て来ます。

私は英語を麹町《こうじまち》の番町《ばんちょう》あたりの小さな黌舎《こうしゃ》に習う傍《かたわら》、内務省の官吏をしていた旧藩士の息子の許《もと》に種々《いろいろ》な話を聞きに行った。　（再び東京へ）

兎に角、私は図書館に三年四年を送った。矢張《やはり》、その時分にも電車はないので、私は東照宮の階段を下りて、不忍池《しのばずのいけ》をぐるりと廻って、そして本郷の通《とおり》から牛込の方へ歩いててくてく帰って来た。　（上野の図書館）

病《やまい》を得てから、かれは銚子《ちょうし》に遊び、成東《なるとう》に淹留《えんりゅう》し、又大学病院にベットに親しむ身となった。
（紅葉の病死）

どれも、「で」に置き換えてみると、すんなりと通じますね。

ここでまた古典の例ですが、『伊勢物語』の文をあげてみます。

さる折しも、白き鳥の、嘴《はし》と足と赤き、鴫《しぎ》の大きさなる、水の上に遊《あそ》びつつ魚《いを》を食ふ。
（第九段）

（そんな折、白い鳥の、嘴《くちばし》と足とが赤い、鴫の大きさの鳥が、水の上で泳いでは魚を食べる。）

有名な段ですから、この文を読んだことのある方はたくさんいると思いますが、あまり疑問に感じられたことはないかもしれません。古典の文章が現代の文章と違うのは当たり前なので、つい見逃してしまいがちですが、「水の上に」という部分を、そのまま「水の上に」と訳しても、通じにくいところです。

これも「に」という助詞の用法のひとつで、動作の場所を示すものです。つまり、「水の上に」というのは、「白き鳥」（後の場面で「都鳥《みやこどり》」という名前だとわかりますが、これは今で言うユリカモメだと言われています）が、泳いでは魚を食べるという動作を行なっている場所が、「水の上」だということで、これを訳せば「水の上で」ということになります。先ほどの花袋の例も、これと同じ使い方です。

では、こういう言い方が、現代ではまったく通じないものなのか、というと、かならずしもそういうわけではありません。

トーマス・マンの小説に、**“Der Tod in Venedig”** というものがありますが、これは『ヴェニスに死す』の邦題で知られています。意味としては、「ヴェニス（ヴェネツィア）で死ぬ」ということですが、ここでは助詞「に」が使われています。

もっとも、「ヴェニスに死ぬ」という言い方なら、変な感じがするかもしれませんから、これは「死す」という文語調の動詞だから成り立っている表現だとも言えます。

もっと一般的な例としては、「東京に暮らす」などという言い方もあります。ちょっと古風な言い方で、今なら「東京で暮らす」と言うのがふつうですが、「に」では通じないというわけではありません。

そのほかの例を、いくつかあげておきましょう。

まずは、芥川龍之介の例。

良平は二十六の年、妻子と一しょに東京へ出て来た。今では或《ある》雑誌社の二階に、校正の朱筆《しゅふで》を握っている。が、彼はどうかすると、全然何の理由もないのに、その時の彼を思い出す事がある。全然何の理由もないのに？

（『トロッコ』）

両袖を胸に合せたお蓮《れん》は、じっとその犬を覗きこんだ。犬は婆さんに抱かれた儘、水《みず》々しい眼《め》を動かして、頻《しきり》に鼻を鳴らしている。
「これは今朝程《けさほど》五味溜《ごみた》めの所に、啼《な》いていた犬でございますよ。――どうしてはいって参りましたかしら。」

（『奇怪な再会』五）

再び、志賀直哉の『暗夜行路』から。

彼は、今、自分が非常に大きなものに包まれている事を感じた。上も下も前も後も左も右も限りない闇だ。其《その》中心に彼はこうして立っている。総《すべ》ての人は今、家の中《うち》に眠っている。自分だけが、一人自然に対し、こうして立っている。総ての人々を代表して。

（前篇・第二・二）

坂口安吾の例。『風と光と二十の私と』という作品です。

まもなく子供はてれて笑いながらやってきて、先生と窓の外からよんで、隠れている。私はよく叱るけれども、この子供が大好きなのである。その親愛はこの子供には良く通じていた。

「どうして親父をこまらしたんだ」

「だって、癪だもの」

「本当のことを教えろよ。学校から帰る道に、なにか、やったんだろう」

最後に、幸田文の『勲章』から。

前年、朝日新聞は社会面の記事に私を扱った。酒仙《しゅせん》露伴博士の令嬢が酒屋を開店、奥様業から街頭へ、師走微笑篇としてある。もちろん記者その人の筆は寸厘《すんりん》たりと記事から私に曲げられるべき筈はないけれど、周囲に好意はことごとく読めていた。

しれい

しれい

芥川龍之介の『素戔嗚尊《すさのおのみこと》』は、素戔嗚尊の若い頃の、高天原《たかまがはら》での行跡と、その後の出来事を描いた物語です。

部落の若者たちとの間に起こした騒動が元で、高天原を追放された素戔嗚は、いくつかの大きな洞穴《ほらあな》のある所に辿り着きました。素戔嗚がその中の一つの洞穴に入って行くと、そこにいた女たちが手向かいますが、素戔嗚が剣《つるぎ》をやすやすと二つに折ったのを目《ま》のあたりにすると、すぐに言うことを聞くようになります。その場面で、素戔嗚が女たちに向かって言った言葉を引いてみます。

女は既に斧を執《と》って、三度彼に手向おうとしていた。が、彼が剣を折ったのを見ると、すぐに斧を投げ捨てて、彼の憐《あわれみ》に訴うべく、床《ゆか》の上にひれ伏してしまった。

「おれは腹が減っているのだ。食事の仕度をしれい。」

彼は捉えていた手を緩めて、猿のような老婆をも自由にした。それから炉の火の前へ行って、楽々とあぐらをかいた。二人の女は彼の命令通り、黙々と食事の仕度を始めた。
（二十四）

問題は、「しれい」という言葉です。意味は、わかるでしょう。食事の仕度をしろ、と命令しているのです。言葉の形としては、その後の箇所で、

「さあ、これで腹は出来た。今度は着る物を一枚くれい。」
（二十五）

と言っている「くれい」と同じようなものだと言えます。

「しれい」も「くれい」も、最後の「い」は語尾の「れ」を伸ばして発音したものですから、元の形は「しれ」「くれ」ということになります。

文法の勉強のおさらいのようで恐縮ですが、簡単に説明しておきますと、「くれ」は、「くれ—くれ—くれる—くれる—くれれ—くれ」と活用する、下一段活用の動詞の命令形です。女たちに対して、着る物をくれ、と要求しているのです。それでは、「しれ」はどうでしょうか。

言葉の形は、「くれ」と似ています。ですから、「しれ」もやはり、命令形でしょう。では何の命令形かといえば、言うまでもなく「する」のそれだということは明らかです。食事の仕度をすることを、女たちに要求したわけですね。

ですが、サ行変格活用の動詞「する」の活用は、「し（せ・さ）—し—する—する—すれ—しろ（せ）」で、命令形に「しれ」はありません。命令を表わすなら、「しろい」とか「せい」とかになるはずで、「しれい」というのはいくら何でも酷《ひど》かろう、という気にもなりますけれども、かならずしもそうとは言えないようです。この部分は、単なる書き間違いとか、わけのわからない言葉遣いがされている変な文章なのではなくて、芥川が、あえてこの言葉を選んで使っているのではないかと思われるのです。

ここで、素戔嗚がどういう人物であるかを思い出してみましょう。

『古事記』によれば、高天原を追放された素戔嗚（『古事記』では「（建速《たてはや》）須佐之男命《すさのおのみこと》」となっています）は、出雲の国の肥《ひ》の川の上流の鳥髪《とりかみ》というところに天降《あまくだ》りました。素戔嗚は、その地で、高志《こし》の八俣《やまた》の大蛇《おろち》の犠《いけにえ》になろうとしていた櫛名田姫《くしなだひめ》に出逢います。八俣の大蛇というのは、頭と尾が八つある巨大な蛇で、『素戔嗚尊』にも、「高志の大蛇」として出て来ます。そして、大蛇を退治した素戔嗚は、助けた櫛名田姫を妻として、出雲の国の須賀《すが》という土地に宮を作って住むことになります。つまり、素戔嗚は、出雲の国（島根県）に縁の深い神様なのです。

そこで、『島根県のことば』（明治書院）という本を見てみると、今、問題にしている「しれい」に関係のありそうな言葉が載っています。それは、出雲方言の「あけれ」とか「おきれ」という言い方です。これらはどちらも命令形で、「開けろ」とか「起きろ」の意味の動詞です。共通語であれば、語尾が「ろ」となるはずのところが、出雲方言では「れ」になっているのです。つまり、上一段や下一段に活用する動詞を、四段のように活用させているわけです。

ほかにも、「ねれ」とか「やめれ」というような言い方があるようですが、これらも「寝る」「止める」という上一段の動詞で、共通語なら「寝ろ」「止めろ」ですが、その語尾が「れ」になっているのです。

こういう現象に倣《なら》って、「しろ」の語尾を「れ」に変えると、「しれ」という言葉ができ上がります。つまり、芥川は、出雲方言の「あけれ」や「おきれ」などと同じ法則で、「しれい」という言葉を使ったのでしょう。

もっとも、同書によれば、出雲方言では「する」の命令形は「せれ」となるそうですから、「しれ」は純粋な出雲方言というわけではありません。

芥川が実際の出雲方言「せれ」を知らなかったのか、知っていたけれども「せれい」では何のことだか読者にわかりにくいと考えて、あえて「しれい」という形に変えたのか、定かではありませんが、いずれにせよ、芥川は、出雲の国の神たる素戔嗚の話し方にふさわしい、いかにも出雲らしい言い方として、そういう言葉を選んで使ったのではないかと思います。

えらぐ

続いて、同じく『素戔嗚尊』の中の一節です。

素戔嗚が見つけた洞穴には、大気都姫《おおげつひめ》を始めとする一六人の女たちが住んでいました。その女たちは、素戔嗚を囲んで陽気な酒盛を始めます。その様子が書かれた場面を引いてみます。

彼は始《はじめ》は啞《おし》のように、唯《ただ》勧められる盃を一息にぐいぐい飲み干していた。が、酔《えい》がまわって来ると、追いおい大きな声を挙げて、笑ったり話したりする様になった。女たちの或者《ある》は、玉を飾って琴を弾《ひ》いた。又或者は、盃を控えて、艶《なまめ》かしい恋の歌を唱《うた》った。洞穴は彼等《ら》のえらぐ声に、鳴りどよむばかりであった。　（二十六）

ここに出て来る「えらぐ声」というのは一体どんな声なのでしょうか。

この「えらぐ」という言葉は、芥川の原文（歴史的仮名遣い）では「ゑらぐ」と書かれています。古典の文章を読み慣れている方なら、この表記を見て、どういう意味の言葉なのか、何となく見当が付くかもしれません。「ゑらぐ」の「ゑ」は「ゑむ」の「ゑ」、漢字を宛てれば「笑」です。つまり、この「えらぐ」というのは、笑うことを意味しています。

近代の文章でも、歴史的仮名遣いで書かれていると、それだけで閾が高いような気がする方もいらっしゃると思いますが、この「ゑらぐ」の場合のように、歴史的仮名遣いの方が、むしろ直感的に意味を摑みやすいことも少なくないのです。

とは言っても、「えらぐ」という言葉が、それほど一般的なものではないのは確かで、けっして始終目にするというものではありません。

『素戔嗚尊』が発表されたのは大正九年（一九二〇）のことですが、その当時、『大日本国語辞典』（冨山房）という辞典が出版されていました。これは、日本で初めてのものと言っていい大型の辞典です。

この辞典に、「ゑらぐ」という言葉が載せられています。意味は、「咲み栄《え》えて楽しむ」とあります。現代では、「咲み栄えて」にもさらに説明を必要とするかもしれませんが、「満面に笑みを湛《たた》える」というようなことです。用例としてあげられているのは、『続日《しょくに》本紀《ほんぎ》』です。原文は、漢文体ですが、書き下し文であげておきましょう。

黒紀《くろき》・白紀《しろき》の御酒《みき》を、赤丹《あかに》のほにたまへゑらぎ、常も賜ふ酒幣《さかまひ》の物を賜はり以《もち》て退《まか》れと為《し》てなも、御物賜《おほみものたま》はくと宣《の》りたまふ。

（黒酒《くろき》・白酒《しろき》の御酒を、顔を赤く輝かして頂戴して笑い楽しみ、恒例の酒席の引出物の品物を賜わって退出しなさいと、品物を賜わるようにとおっしゃる。）

『続日本紀』は、「六国史《りっこくし》」と呼ばれる官撰（国家によって編纂されたもの）の六つの歴史書のひとつで、延暦《えんりゃく》一六年（七九七）に、『日本書紀《にほんしょき》』に次いで二番目に作られたものです。作られた年代は平安時代ですが、内容はその前の時代の奈良時代、文武《もんむ》天皇元年（六九七）から延暦一〇年（七九一）の間のことが書かれています。今上げた例も、天平神護《てんぴょうじんご》元年（七六五）の記事の中にあります。

この文は、当時話された言葉まったくそのままとまでは言えないでしょうが、宣命体《せんみょうたい》という書き方（助詞などを一字一音のいわゆる「万葉仮名」で書く）で、その場の会話が再現されている部分ですから、「ゑらぎ」は奈良時代に実際に使われていた言葉だと考えて良いでしょう。

また、同じ『大日本国語辞典』を見ると、「ゑらぐ」のほかに「ゑらゑら（えらえら）」という言葉も出ています。この「ゑらゑら」は、「ゑらぐさまにいふ語。ゑみゑみ」と説明されていて、『万葉集』にある長歌が例としてあげられています。

あしひきの　八《や》つ峰《を》の上の　栂《つが》の木の　いや継《つ》ぎ継ぎに　松が根の　絶ゆることなく
青丹《あをに》よし　奈良の都に　万代《よろづよ》に　国領《し》らさむと　やすみしし　我が大王《おほきみ》の　神《かむ》なが
ら　思ほしめして　豊《とよ》の宴《あかり》　見《め》す今日の日は　もののふの　八十伴《やそとも》の雄《を》の　島山に
あかる橘　髻華《うず》に挿し　紐解き解けて　千年寿《ちとせほ》き　寿き響《とよ》もし　ゑらゑらに　仕へ奉《まつ》
るを　見るが尊さ

（四二六六番歌）

（峰々の上の栂の木のように、次々に松の根が絶えることなく、奈良の都にいつまでも国を治めようと、わが天皇が神意のままにお思いになって、盛んに宴《うたげ》を催す今日の日は、多くの官人たちが庭園の築山に赤く色づいた橘を髪飾りに挿して着物の紐を解いてくつろぎ、長寿を祝い、祝い騒いで楽しみ笑ってお仕え申し上げるのを見るのが尊いことだ。）

『素戔嗚尊』に出て来る「えらぐ」という言葉も、それに似た「えらえら」という言葉も、どちらも奈良時代に使われていたものです。芥川は、素戔嗚の物語を描くにあたって、それにふさわしい古い時代の言葉を選んだのだと思います。

もっとも、素戔嗚は神話の登場人物ですから、奈良時代よりももっと古い時代の言葉を使うべきだと言えないことはありませんが、そこまで厳密に考える必要はないでしょう。神話の時代のことは、『古事記』や『日本書紀』といった奈良時代の文献に記録されて、現代に伝わっているわけですから、奈良時代に使われていた言葉を以《も》って神話の時代の人物にふさわしい言葉と考えるのは、あながち的《まと》外れなことではなく、妥当性を持っていると言えます。

なお、余談ですが、近年では「ゑらぎ」ではなく、「ゑらき」と訓《よ》まれることが多いようです。それは、『続日本紀』の原文では、この言葉が「恵良伎」と書かれているのですが、「伎」という文字が、濁音の「ギ」（gi）ではなく、清音の「キ」（ki）を表わすものだからです。このことは、夙《つと》に本居宣長が明らかにしていたのですが、当時はまだ広く認められるには至っていなかったのでしょう。

こういう奈良時代の文字遣いに興味のある方は、橋本進吉『古代国語の音韻に就いて』(岩波文庫）という本にわかりやすく書かれていますから、是非お読みになると良いと思います。

ひってん

芥川が、作品の内容や登場人物にふさわしい言い方をするために、ちょっと変わった言葉を選んで使っていると思われる例を、もう一つ見てみることにしましょう。

「だがの、おれが三年見無え間《ねま》に、江戸もめっきり変ったようだ。」

「いや、変ったの、変ら無えの。岡場所《おかばしょ》なんぞの寂《さび》れ方と来ちゃ、まるで嘘のようでごぜえますぜ。」

「こうなると、年寄りの云いぐさじゃ無えが、やっぱり昔が恋しいの。」

「変ら無えのは私《わっち》ばかりさ。へへ、何時《いつ》になってもひってんだ。」
（一）

『鼠《ねずみ》小《こ》僧《ぞう》次《じ》郎《ろ》吉《きち》』という作品の一節で、これは、久しぶりに江戸に戻って来た和泉屋の次郎吉こと鼠小僧次郎吉とその子分の男との会話です。

ここに出て来る「ひってん」という言葉は、あまり聞いたことがないだろうと思います。国語辞典を引いてみても、載っているものは少ないようですが、先に上げた『大日本国語辞典』にはこの言葉が載っていて、「空虚なること。皆無なること。貧乏」と説明されています。鼠小僧の子分の男は、江戸の町がすっかり変わってしまったのに、自分が貧乏なことだけは変わらない、と自嘲しているのです。

『大日本国語辞典』には、この言葉の用例として、式亭三馬《しきていさんば》の滑稽本『浮世床《うきよどこ》』があげられています。

熊「並び大名《でへみやう》めらがやかましい」亀「ひってんな所《とこ》ばかりは曾我《そが》だ」熊「曾我兄弟鬼《けうでへおに》王団三《わうどうざ》七役だ」でん「ひってんな所が」熊「待て待てやかましい。アイタアイタ。目

をきつくするな痛《いてへ》はい」（初編之《の》上）

この『浮世床』は、文化一〇～一一年（一八一三～一八一四）に刊行された作品です。そこまで厳密に考える必要はないかもしれませんが、鼠小僧次郎吉が実際に活躍したのがちょうど文化・文政期（一八〇四～一八二九年）のことですから、この用例と、年代としてぴったり一致します。

別の大型の辞典である『日本国語大辞典』（小学館）には、「天明（一七八一～一八八九）頃の流行語」とありますが、用例としてあげられているのは文化元～六年（一八〇四～一八〇九）頃の『劇場新話』と天保一二～一三年（一八四一～一八四二）頃の人情本『春色《しゅんしょく》梅美婦禰《うめみぶね》』ですから、それほど短い時期だけに限って使われていた言葉というわけでもないようです。

手許にある辞典の中では、ほかに、『角川古語辞典』（角川書店）にも載っていて、こちらの用例は、天保七年（一八三六）頃の人情本『娘消息《むすめしょうそく》』。つまり、「ひってん」は、江戸時代の後期、一七〇〇年代後半から一八〇〇年代前半に掛けて使われていた言葉だということになります。

「ひってん」という言葉が、『鼠小僧次郎吉』が発表された当時の読者にとって、ひと目見てすぐにピンと来るものだったのかどうかはわかりませんが、芥川は、鼠小僧とその子分の男の会話の中にいかにも出て来そうな、作品の舞台になっている時代に似つかわしい言葉として、この「ひってん」を選んで使ったのでしょう。

こういうところにも、作家が作品に籠めた細やかな心遣いを、垣間見ることができるのです。

左近を打たせた

左近を打たせた

もうひとつ、芥川龍之介の文章に出て来る言葉をとりあげることにしましょう。『或敵《あるかたき》打《うち》の話』という短篇の中の一節です。

左近を打たせた三人の侍は、それから彼是《かれこれ》二年間、敵《かたき》兵衛《ひょうえ》の行《ゆ》く方《え》を探って、五畿《ごき》内《ない》から東海道を殆《ほとんど》隈《くま》なく遍歴した。が、兵衛の消息は、杳《よう》として再《ふたたび》聞えなかった。

（二）

肥後の細川家の家中で、加納平太郎を斬《き》って逐電《ちくでん》した瀬沼兵衛を追って、平太郎の嫡《ちゃく》子《し》（跡継ぎの男子）の求馬《もとめ》が、加納家の若党（家来）の江越喜三郎《えごしきさぶろう》とともに敵討の旅に出ます。その二人に、後見として田岡甚太夫《たおかじんだゆう》が同道しますが、これは、平太郎が斬られたのが実は甚大夫に遺恨を持った兵衛の人違いによるので、平太郎の死に責任を感じた甚大夫が、藩主に後見の許しを求めたのです。さらに、求馬の念友《ねんゆう》（男性同士の恋人のこと）である津崎左近が助太刀を買って出ますが、こちらは藩主の許しが出なかったために、家出をして一行に加わります。

「左近を打たせた」というのは使役の表現ですから、「三人の侍」が、左近を誰かに「打たせた」という文脈のようにも見えないこともありません。ですが、実際にはそういう表現ではありません。

直前の部分を引いてみます。

此処に求馬が居合せないのは、返《かえ》す返《がえ》すも残念である。が、今兵衛を打たなければ、又何処かへ立ち退《の》いてしまう。しかも海路を立ち退くとあれば、行く方をつき止める事も出来ないのに違いない。これは自分一人でも、名乗《なのり》をかけて打たねばならぬ。
――左近はこう咄嗟《とっさ》に決心すると、身支度をする間も惜しいように、編笠《あみがさ》をかなぐり捨てるが早いか、「瀬沼兵衛、加納求馬が兄分、津崎左近が助太刀覚えたか。」と呼びかけながら、刀を抜き放って飛びかかった。が、相手は編笠をかぶった儘《まま》、騒ぐ気色もなく左近を見て、「うろたえ者め。人違いをするな。」と叱りつけた。左近は思わず躊躇した。その途端に侍の手が刀の柄前《つかまえ》にかかったと思うと、重《かさ》ね厚《あつ》の大刀《だいとう》が大袈裟《おおげさ》に左近を斬り倒した。

（二）

ここに書かれているように、左近は、求馬たちと離れて一人でいる時に敵兵衛を発見し、単身挑んだものの、あえなく返り討ちに遭ってしまったのです。「三人の侍」というのは、求馬・喜三郎・甚大夫のことですから、兵衛が左近を討ったのは、けっして三人の意図するところではありませんでした。ですから、「左近を打たれた三人の侍は……」と言い換えた方が、通じやすいはずです。それが、何故、「打たせた」という使役の形で表現されているのでしょうか。

『平家物語』の中にある、こんな一節が参考になるかもしれません。

源三位入道は、七十に余って軍《いくさ》して、弓手《ゆんで》の膝口《ひざぐち》を射させ、痛手なれば、心静《しづ》かに自害せんとて、平等院の門の内へ引き退《の》く所に、敵《かたき》襲ひかかれば、次男源大夫判官《げんだいぶはんがん》兼綱《かねつな》は、紺地《こんぢ》の錦の直垂《ひたたれ》に、唐綾縅《からあやおどし》の鎧着て、白月毛《しらつきげ》なる馬に、金覆輪《きんぷくりん》の鞍置いて乗り給ひたりけるが、父を延ばさんが為に、返し合せ返し合せ防ぎ戦ふ。上総太郎判《かずさのたらうほう》官《ぐわん》が射ける矢に、源大夫判官、内甲《うちかぶと》を射させてひるむ所に、上総守が童《わらは》、次郎丸と云ふ大力《だいぢから》の剛の者、萌葱匂《もえぎにおい》の鎧着、三枚甲《かぶと》の緒をしめ、打物《うちもの》の鞍をはづいて、源大夫判官におし並べて、むずと組んで、どうと落つ。（巻四「宮の御最後の事」）

（源三位入道は、七十歳を過ぎて戦《いくさ》をして、左の膝口を射られ、重傷なので、心静かに自害しようと思って、平等院の門の中へ退却した所に、敵が襲いかかるので、次男の源大夫判官兼綱は、紺地の錦の直垂に、唐綾縅の鎧を着けて、白月毛の馬に、金覆輪の鞍を置いてお乗りになっていたが、父を逃げ延びさせるために、戻って防ぎ戦う。上総太郎判官が射た矢に、源大夫判官が、内甲を射られて怯《ひる》む所に、上総守の召し使う童で、次郎丸という力の強い剛の者が、萌葱匂の鎧を着けて、三枚甲の緒を締めて、打物の鞘を外して、源大夫判官に馬を押し並べて、しっかりと組んで、どしんと落ちる。）

「弓手の膝口を射させ」というのは、使役の形を取ってはいますけれども、実際には、源三位入道が敵にわざと自分の左膝を射させたわけではなくて、左膝を射られた、という受身の表現です。これは、本来なら「射られ」と受身で表現すべきところを、使役の助動詞で代用する、軍記物語に特有の用法です。「内甲を射させ」というのも同じで、内甲（兜《かぶと》の額《ひたい》のあたり）を射られたのです。武士は受身の持つ消極性を嫌って、受身で表現すべきところでも積極性のある使役の表現を使ったのだとも言われているようです。

先にあげた芥川の例は、受身で表わすべきところを使役で表現しているわけですから、こういう用法に似ていると言えるでしょう。芥川が、平家物語などの作品を読んでいたことは間違いありませんから、こういう軍記物語に見られる用法を知っていて、それに倣った言葉を使ったのだと言えるだろうと思います。

親を死なせる

それでは、この芥川の例は、軍記物語の用語を復古しただけの、現代にはまったく通用しない極めて特殊なものなのか、というと、かならずしもそういうわけではありません。芥川の用語と完全にイコールの使い方ではないかもしれませんが、現代語でも、「先生を怒らせる」とか、「親を死なせる」という言い方があるのです。

「先生を怒らせる」というのは、先生をバカにしたり、からかったりして、わざと怒らせることを言う場合もありますけれども、それだけではなく、先生を怒らせるつもりはまったくなかった場合でも、私語が過ぎたり、宿題を忘れたりして怒られた時に使うことがあります。「授業中、おしゃべりばっかりしていて誰も話を聞いていなかったから、先生を怒らせちゃった」というような言い方です。

この場合、先生を怒らせようとして怒らせたわけではないのですから、実際には使役ではなくて受身の表現です。「先生に怒られちゃった」というのと、実質的には何も変わりありません。

「親を死なせる」というのも、親に対して何か積極的な働きかけをすることによって死なせた、ということではなくて、「死なれてしまった」という受身の表現です。ごく一般的だとまでは言えないかもしれませんが、これらは現代語としてそれほど不自然な表現ではありません。

では、「先生に怒られる」「親に死なれる」という受身の内容を、あえて使役の形を取って「怒らせる」「死なせる」と言うのはどうしてでしょうか。このような表現は、けっしておかしなものではありませんが、とはいえ、わざわざそのように表現されることがあるというのは、興味深い問題です。

「怒らせ」や「死なせ」は、あくまでも使役の表現です。受身ではありません。表現されている事柄は「怒られ」や「死なれ」と同じだとしても、どこかに違いがあるはずです。

「怒らせる」とか「死なせる」というのは「怒られる」とか「死なれる」というのと同じ意味だ、と言って済ませるのではなく、何故、そういう言い方をするのか、考えてみる価値があるでしょう。

「先生を怒らせる」というのは、単に「怒られた」という表現ではありません。先生に怒られたのは確かなのですが、その原因を、怒られた当人が作っているのです。もちろん、「怒られる」と言った場合でも、当然、その原因はあるわけですが、「怒らせる」の場合には、怒られた当人が、その原因を、より積極的に認めているのです。先生が怒った原因が自分にあることを、自覚している表現です。

そういうことを自覚するくらいですから、先生に対してどちらかと言えば好意を持っていて、その先生を怒らせてしまったという反省の気持ちも、すくなからず籠められている表現だと言えるでしょう。

「親を死なせる」というのも、使役の形を取ってはいますが、もちろん故意に親の死を助長したわけではありません。けれども、この「死なせる」という言い方をする心情を繙《ひもと》いてみれば、そこには、十分な看病もできなかった、という子供の思いを感じ取ることができます。

自分の看病の不備によって親を死に至らしめた、というのは、客観的には事実ではないとしても、親に死なれると、子供としては、「もっとこうしていれば……」とか、「あんなことをしなければ……」というふうに、ひとりでに後悔の念がふつふつと沸いて来るものでしょう。子供としての主観的な意識のうえで、自分の不十分な看病が、親の死の原因とまったく無縁だとは割り切れない複雑な思いが、「死なせた」という使役の表現を取らせているのです。

芥川の例に戻れば、兵衛に一人で立ち向かった左近への三人の思いが、この「打たせた」という使役の表現に表わされているのではないかと思います。もちろん、ここは地の文で、直接的には作者の気持ちを表わしているところではあるのですが、地の文に登場人物の心情が投影されることは、けっして珍しくはありません。

客観的な事実としては、左近は兵衛に「打たれた」のですから、左近の死に対して三人に直接の責任があるわけではないのですが、とは言え、求馬たちと共に敵討の旅に出なければ、左近が命を落とすこともなかったのです。

特に左近は、求馬のような敵討の当事者ではなく、喜三郎のような加納家の家来でもなく、また、甚大夫のように平太郎の死に深く関わっているわけでもありません。ほかの三人なら、目的を果たせずに返り討ちに遭《あ》ったとしても、本望とまでは言えないとしても、勝負は時の運、致し方ないことではあるでしょう。けれども左近は、求馬との個人的な関係によって、行動を共にしていたわけですから、敵討に対する思いは、ほかの三人とはちょっと違ったところがあるはずで、目的を果たせずに死んだことは、残された三人にとっても、そう単純に割り切ることのできないものがあったでしょう。

左近が敵討の旅に加わった気持ち、兵衛に一人で立ち向かった思い、敵を討ち果たせなかったことの無念さ……。左近の死に臨んで、そういう諸々のことに思いを致した三人の複雑な心境を、作者がさりげなく代弁しているのが、この「打たせた」という使役の表現なのではないでしょうか。

なお、もっと新しい文章にも、似たような言い方がされている例があります。

(自分でも、これはわからない)

と、松平春嶽《しゅんがく》はみずからをそう見ていた。なにしろ春嶽は、安政ノ大獄で死なせた橋本左内《さない》を無二の寵臣《ちょうしん》としていた男である。左内は当時、日本屈指の志士であった。

(司馬遼太郎『王城の護衛者』三)

この「死なせた」という言葉には、刑死した左内に対する春嶽の痛恨の想いが、凝縮されて籠められているように思います。

脾腹《ひばら》を斬られた

ここまでは、少し変わった使役の使い方を見て来ましたが、次に、少し変わった受身の使い方を見てみることにします。

先ほどと同じく、芥川の作品から。

「何と思う余裕もございませぬ。わたくしは傘を斬られると同時に、思わず右へ飛びすさりました。足駄《あしだ》ももうその時には脱いで居《お》ったようでございまする。と、二の太刀が参りました。二の太刀はわたくしの羽織の袖を五寸ばかり斬り裂きました。わたくしは又飛びすさりながら、抜き打ちに相手を払いました。数馬の脾腹を斬られたのはこの刹那《せつな》だったと思いまする。相手は何か申しました。……」

（『三右衛門《さんえもん》の罪』）

加賀宰相《かがのさいしょう》治修《はるなが》の家来で、南の門の馬場下で闇打ちを仕掛けて来た衣笠数馬《きぬがさかずま》を返り討ちにした細井三右衛門が、主人の治修に、事の次第を語る場面です。

ここの文脈は、少々摑みづらいかもしれません。

まず、「数馬の」の「の」です。ここは、「数馬の脾腹」を「斬られた」のではなくて、「数馬」が「脾腹を斬られた」わけですから、この「の」は連体修飾格ではなくて、主格の使われ方をしています。現代語には、あまり用いられませんけれども、古典にはふつうに見られる用法で、たとえば、

もみぢ葉の｜流れてとまる　みなとには　紅《くれなゐ》深き　波や立つらむ

（『古今和歌集』二九三番歌、素性《そせい》法師）

（紅葉した落葉が川面を流れて行って辿り着く河口には、紅色の濃い波が立っていることだろうか）

冬は、つとめて。雪の降りたるは、言ふべきにもあらず。　（『枕草子』第一段）
（冬は、早朝。雪が降り積もっているのは、何とも言いようがない。）

八つになりし年、父に問ひて曰《いは》く、「仏は、いかなるものに候《さうら》ふらん」と言ふ。父が曰く、「仏には、人のなりたるなり」と。　（『徒然草』第二四三段）
（八つになった年、父に尋ねて言うには、「仏は、どういうものでございましょうか」と言う。父が言うには、「仏には、人がなっているのだ」と。）

など、いくらもあります。この作品の中にも、ほかに、「数馬の試合を致した時にも、行事はやはりわたくしでございました」という例などが出て来ます。

現代でも、まったく使わなくなってしまったわけではありませんで、「僕の好きな先生」というような言い方に残っています。

それにしても、数馬の「脾腹を斬」ったのは、ほかならない話者の三右衛門自身です。その三右衛門が、まるで他人事《ひとごと》であるかのように「斬られた」と話すのも、妙な言い方だと言えないこともありません。けれども、この表現には、作者の周到な計算があるのではないかと思います。

この作品の中で、三右衛門がどういう人物として描かれているかがわかる場面を引いておきましょう。

第二に治修は三右衛門へ、ふだんから特に目をかけている。嘗《かつ》て乱心者《らんしんもの》を取り抑えた際に、三右衛門外《ほか》一人の侍は二人とも額《ひたい》に傷を受けた。しかも一人は眉間《みけん》のあたりを、三右衛門は左の横鬢《よこびん》を紫色に腫《は》れ上らせたのである。治修はこの二人を召し、神妙の至りと云う褒美を与えた。それから「どうじゃ、痛むか？」と尋ねた。すると一人は「難有《ありがた》い仕合《しあわ》せ、幸い傷は痛みませぬ」と答えた。が、三右衛門は苦《にが》にがしそうに、「かほどの傷も痛まなければ、活《い》きているとは申されませぬ」と答えた。爾来治《じらい》修は、三右衛門を正直者だと思っている。あの男は兎《と》に角巧《かく》言は云わぬ、頼もしいやつだと思っている。

ここに書かれていることからわかるように、三右衛門は、他人に阿諛《おもね》ったり、自分を美化したりすることがありません。自分のことだからといって、感情を交じえたりせずに、事実をありのままに語る人物だと言えるでしょう。

三右衛門は、治修に問われるまま、数馬を斬った次第を物語ります。

数馬は、三右衛門が将来を嘱望していた若者でした。その数馬が三右衛門を闇打ちにしようとしたのは、平田多門との目録（剣術の段位のひとつ）の懸かった大事の試合で行事（審判）を務めた三右衛門が、依怙《えこ》をして多門を勝たせたと考えたからでした。三右衛門は、故意に依怙をしたのではなく、むしろ数馬に勝たせたいという思いさえあったのですが、数馬に肩入れしたくなる気持ちを抑えて公平を心掛けるがあまりに、図らずも数馬に不利な判定をすることになってしまったのです。その結果、数馬は「見苦しい負けかた」を喫し、そのことで三右衛門に意趣を持ったのです。

三右衛門は、自分が数馬を斬ったことを語る時に、「わたくしが数馬の脾腹を斬りましたのは」というような一人称の形ではなく、「数馬の脾腹を斬られたのは」という、客観的な言い方をします。それ以前の部分では、三右衛門は自分のことを「わたくし」と言っていますし、数馬を斬ったのはもちろん「わたくし」(三右衛門)に違いないのですが、話の中で最も重要な、数馬を斬るという事実を語るところでは、「斬られた」という言い方になっています。ここには、数馬を斬った当事者として、その場での感情や余計な推測を差し挟みながら語るのではなく、主観を交えず、冷静に、公平に、事実だけを伝えようとする三右衛門の態度が、はっきりと示されているのです。

三右衛門は、治修の問いに対して、保身のための言い訳をしたり、治修の感情に訴えて事を有利に運ぼうとしたりすることはありません。あくまでも、その時の状況、数馬が闇打ちを仕掛けるに至った原因などを、自らが将来を嘱望していた若者を斬ったことに対する感情も含めて、冷静に、事実を事実として物語るだけです。

この「斬られた」という言い方には、そういう三右衛門の人柄が、端的に示されています。ここでは作品の結末は書きませんが、「なぜ打ち果すのを控えなかったのじゃ」という治修の問いに対する三右衛門の答えに、こういう三右衛門の人物造型が、強く響いていると思うのです。

おわりに

書店に行くと、「名作〇〇編を読む」とか、「××分で名作がわかる」などと銘打った文学案内の類いを少なからず目にします。ですが、そういう文学案内を読んだとしても、それで名作を読んだことにはなりませんし、そんなに短時間にわかるようになるはずもありません。文学案内にも、それを読む意味や効用はあるのですけれども、作品を読むこととは別の事柄です。芥川龍之介の言葉を借用すれば、

「正《まさ》に器用には書いている。が、畢竟《ひっきょう》それだけだ。」

（『朱儒の言葉』）

というところでしょうか。

もちろんこれは自戒を籠めてのことで、本書もその例外たることをえないでしょう。名作を理解するための近道は、作品を実際に読んでみること以外にはありません。

本書では、作品の本文の引用にあたって、読者の読みやすさを考慮して、旧字旧仮名で書かれたものを新字新仮名に直したり、ルビを施したりしましたので、作家が書いた文章まったくそのままというわけではありませんけれども、宛て字や送り仮名などは極力そのままにして、最低限、作品の雰囲気を伝えることできるようにしたつもりです。また、それぞれの作品の内容を摑みやすいように、必要な部分の前後、多少長めに引用するように心掛けました。

とは言っても、ごく一部を抜粋しただけですから、これが作品そのものでないことは言うまでもありません。ですから、これで作品を読んだつもりにはならないようにくれぐれもお願いしておきます。

本書を読んで、そこに引かれている作品に少しでも興味を持っていただけたら、是非とも作品を手に取って、原文を読んでみてください。中には、現在では残念ながら手軽に読むことの難しいものもありますけれども、多くのものは、文庫本で簡単に手に入れることができます。

本書を、名作の世界に入って行くための入口にしていただければ幸いです。

平成二五年　重陽の日に

著　者　識

附　記

本書をほぼ書き了える頃になって、新野直哉著『現代日本語における進行中の変化の研究―「誤用」「気づかない変化」を中心に―』（ひつじ書房、平成二二年）という本を知りました。本書で取り上げている「全然」や「役不足」などの言葉について、非常に丹念に、歴史的な変化を追った研究です。本書の目指すところとはやや異なりますので、ご紹介に止めますが、そういう問題に興味のある方は、お読みになることをお奨めします。

読書案内

本書で取り上げた作品を、一覧にしておきます。比較的手に入れやすい文庫本を、〔 〕書きであげておきましたので、原文を実際にお読みいただきたいと思います。

◆「全然」

谷崎潤一郎

『文章読本』…昭和九年（一九三四）。〔中公〕。

芥川龍之介

『羅生門』…大正四年（一九一五）。〔岩波『羅生門・鼻・芋粥・偸盗』〕〔角川『羅生門・鼻・芋粥』〕〔講談社『藪の中』〕〔集英社『地獄変』〕〔小学館『羅生門・地獄変』〕〔新潮『羅生門・鼻』〕〔ちくま『芥川龍之介全集1』〕〔ハルキ『蜘蛛の糸』〕〔文春『羅生門・蜘蛛の糸・杜子春　外十八篇』〕。

『芋粥』…大正五年（一九一六）。〔岩波『羅生門・鼻・芋粥・偸盗』〕〔角川『羅生門・鼻・芋粥』〕〔小学館『羅生門・地獄変』〕〔新潮『羅生門・鼻』〕〔集英社『地獄変』〕〔ちくま『芥川龍之介全集1』〕〔ちくま『芥川龍之介（ちくま日本文学）』〕〔ハルキ『蜘蛛の糸』〕〔文春『羅生門・蜘蛛の糸・杜子春　外十八篇』〕。

夏目漱石

『吾輩は猫である』…明治三八〜三九年（一九〇五〜一九〇六）。〔岩波〕〔角川〕〔集英社〕〔新潮〕〔ちくま『夏目漱石全集1』〕〔文春〕。

『坊っちゃん』…明治三九年（一九〇六）。〔岩波〕〔角川〕〔集英社〕〔新潮〕〔ちくま〕〔ちくま『夏目漱石全集2』〕〔ぶんか社〕〔文春『こころ・坊っちゃん』〕。

『三四郎』…明治四一年（一九〇八）。〔岩波〕〔角川〕〔講談社〕〔集英社〕〔新潮〕〔ちくま〕〔ちくま『夏目漱石全集5』〕。

国木田独歩

『牛肉と馬鈴薯』…明治三四年（一九〇一）。〔新潮〕。

石坂洋次郎

『青い山脈』……昭和二二年（一九四七）。

坂口安吾

『石の思い』……昭和二一年（一九四六）。〔岩波『風と光と二十の私と・いずこへ　他十六篇』〕

『不連続殺人事件』……昭和二二～二三年（一九四七～一九四八）。〔角川〕。

『安吾巷談』「湯の町エレジー」……昭和二五年（一九五〇）。〔ちくま『坂口安吾（ちくま日本文学）』〕。

E・クイーン（大久保康雄訳）

『Yの悲劇』……昭和三三年（一九五八）。〔新潮〕。

山本周五郎

『青べか物語』……昭和三五年（一九六〇）。〔新潮〕。

井伏鱒二

『黒い雨』…昭和四〇～四一年（一九六五～一九六六）。〔新潮〕。

獅子文六

『自由学校』…昭和二五年（一九五〇）。

◆「役不足」

岡本綺堂

『人形の怪』（『人形遣い』）…大正八年（一九一九）。〔光文社『半七捕物帳3』〕。

島崎藤村

『夜明け前』…昭和四～一〇年（一九二九～一九三五）。〔岩波〕〔新潮〕。

坂口安吾

『金銭無情』…昭和二三年（一九四八）。〔ちくま『坂口安吾（ちくま日本の文学）』〕。

森茉莉

『恋人たちの森』…昭和三六年（一九六一）。〔新潮〕。

◆「女に別れる」

田山花袋

『東京の三十年』…大正六年（一九一七）。〔岩波〕。

夏目漱石

『行人』…大正一〜二年（一九一二〜一九一三）。〔岩波〕〔角川〕〔新潮〕〔ちくま『夏目漱石全集7』〕。

『明暗』…大正五年（一九一六）。〔岩波〕〔新潮〕〔ちくま〕〔ちくま『夏目漱石全集9』〕。

芥川龍之介

『路上』…大正八年（一九一九）。〔角川『舞踏会・蜜柑』〕〔ちくま『芥川龍之介全集3』〕。

『トロッコ』…大正一一年（一九二二）。〔岩波『蜘蛛の糸・杜子春・トロッコ　他十七篇』〕〔角川『トロッコ・一塊の土』〕〔集英社『地獄変』〕〔新潮『蜘蛛の糸・杜子春』〕〔ちくま『芥川龍之介全集4』〕〔ハルキ『蜘蛛の糸』〕〔文春『羅生門・蜘蛛の糸・杜子春・外十八篇』〕。

『奇怪な再会』……大正九年（一九二〇）。〔河出『芥川龍之介集（文豪ミステリ傑作選）』〕〔ちくま『芥川龍之介集　妖婆（文豪怪談傑作選）』〕〔ちくま『芥川龍之介全集4』〕。

長谷川時雨

『旧聞日本橋』……昭和四～昭和七年（一九二九～一九三二）。〔岩波〕。

志賀直哉

『暗夜行路』……大正一〇～昭和一二年（一九二一～一九三七）。〔岩波〕〔新潮〕。

坂口安吾

『風と光と二十の私と』……〔岩波『風と光と二十の私と・いずこへ　他十六篇』〕〔ちくま『坂口安吾（ちくま日本の文学）』〕。

幸田文

『勲章』……昭和二四年（一九四九）。〔講談社文芸『黒い裾』〕〔ちくま『幸田文（ちくま日本の文学）』〕。

◆「しれい」

芥川龍之介

『素戔嗚尊』…大正九年（一九二〇）。〔ちくま『芥川龍之介全集3』〕〔角川『杜子春・南京の基督』〕。

『鼠小僧次郎吉』…大正八年（一九一九）。〔岩波『或日の大石内蔵之助・枯野抄　他十二篇』〕〔角川『舞踏会・蜜柑』〕〔新潮『邪宗門・杜子春』〕〔ちくま『芥川龍之介全集3』〕。

◆「左近を打たせた」

芥川龍之介

『或敵打の話』…大正九年（一九二〇）。〔新潮『邪宗門・杜子春』〕〔ちくま『芥川龍之介全集3』〕。

『三右衛門の罪』…大正一二年（一九二三）。〔ちくま『芥川龍之介全集5』〕

司馬遼太郎
『王城の護衛者』…昭和四三年（一九五八）。〔講談社〕。

◆「おわりに」
芥川龍之介
『朱儒の言葉』…大正一二～昭和二年（一九二三～一九二七）。〔岩波『侏儒の言葉・文芸的な、余りに文芸的な』〕〔角川『或阿呆の一生・侏儒の言葉』〕〔新潮〕〔ちくま『芥川龍之介全集7』〕。

新典社新書 64
文豪たちの「?」な言葉

2014 年 2 月 4 日　初版発行

著者 ——— 馬上駿兵
発行者 ——— 岡元学実
発行所 ——— 株式会社 新典社
〒101-0051　東京都千代田区神田神保町1-44-11
編集部：03-3233-8052　営業部：03-3233-8051
ＦＡＸ：03-3233-8053　振　替：00170-0-26932
http://www.shintensha.co.jp/　E-Mail:info@shintensha.co.jp

印刷所 ——— 恵友印刷 株式会社
製本所 ——— 牧製本印刷 株式会社

ISBN 978-4-7879-6164-8　C0295